U0096561

今天這款心情

藍棠 著

今天這款心情該品哪款茶？

瓶瓶罐罐羅列，各自密封著什麼樣的原鄉密碼？

有沒有我懷想的土香？

有沒有被露珠擁抱過、

被晨曦親吻過？

自序

留住「這款心情」

　　去年加入乾坤詩社，結交一些詩友，也寫了一些詩。今年隨詩社前輩們出了一本詩集（乾坤10周年詩叢之《周末‧憂鬱》），心想要再出詩集，恐怕是很久很久以後的事了。

　　我預定要出版的書還是以童書為主，正在著手計劃的時候，三個月中連續有三位親人過世，早知世事無常，但真正碰到，心理的衝擊還是很大。原本參加唱唱跳跳的課程無心去上，空下來的時間整理作品，發現自己雜七雜八寫了不少東西，這些東西該怎麼處理？思考再三，決定一不做二不休，除了原定的兩本童話故事集，把散文、小說、新詩一併「殺青」，五本書就算是給自己的五十歲大禮。

　　前一本詩集並沒有分卷，這次時間比較充裕，就加以分卷，且以實驗的精神，將所寫的各種詩都放進去，包括來自日本的俳句。十多年前開始向黃靈芝老師學作「中文俳句」（目前學界稱為「灣俳」），累積不少作品，乾脆納入本詩集。

　　若要說我寫新詩的啟蒙師，應追溯至大學時教我們新詩的楊昌年老師。楊老師喜著一襲長袍，上起課可是唱作俱佳，那時我對寫詩沒有什麼興趣，卻因楊老師的賣力教學而不曾蹺課。楊老師鼓勵我們多寫，他願意義務幫我們指導，我這個不用功的學生，只有規定的作業不得已謅一謅，從沒

有利用到老師的熱心。慶幸的是老師的唱作俱佳，我學到一點皮毛，在教學生涯中頗能運用到。

前一本詩集出版後，師長、朋友們有一些回響，予我莫大的鼓勵。王仁鈞教授是書法大家，將詩集中〈七月的詩篇〉寫成扇面，我恭謹地將它裱起來，這首詩也跟著沾光，如此提攜，令我感佩萬分；其實老師是寫詩高手，以其專長，將詩做許多視覺上的變化，更令人覺得神奇。另外，合唱團的朋友建議組個讀詩會，每個月讀些詩。我想朋友們都是有「詩想」的人，只是家庭、事業兩頭忙，現在得閒，想回味那份愛詩的夢幻時光，於是，在我們這個詩意的小鎮，我們共渡許多詩意的時光。

至於書名《今天這款心情》，是一篇散文詩的篇名。記得那一天，我坐在家中的吧台裡（我的老位置），品著東方美人，眼光落在窗外的觀音山和淡水河。處在一個很有詩意氛圍裡，於茶香與山光水色的氤氳中，筆端不自覺地遊走，遂成此篇。近日陰鬱日子多，更加珍惜那日那款心情，以它當書名，紀念那晴好的一日。

現在繼續向乾坤詩社的前輩們學習，並和林煥彰老師帶領的行動讀詩會詩友們共切磋，希望寫詩之路長長久久。

康逸藍
2007 仲秋
于淡水水月居

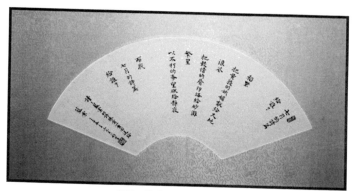

王仁鈞教授墨寶

七月的詩篇

七月的詩篇
給誰？

稻野
把黃熟的嫵媚獻給大地
浪花
將熱情的唇印烙給沙灘
繁星
以不朽的希望燃給靜夜

而我
七月的詩篇
給誰？

目　錄

極短詩

　　此卷屬於篇幅非常短的詩，故名為「極短詩」，包括卷上、卷下兩部份，卷上是「一句詩」，有時候福至心靈，捕捉了一言半語，覺得挺有詩意，就把它們寫下，成為一句詩。希望在短短一句詩之中，涵蘊無限的想像空間。卷下則是「俳句」（注），源於日本的一種文學形式，每首六到十二字，其中要包含季語（季節語）。十多年前，加入台灣俳句會，跟隨黃靈芝老師學習，並與多位同學切磋。俳句雖短，「禁忌」卻頗多，到現在還很難把握其精髓，不像「一句詩」，可以天馬行空發揮。

注：　對俳句有興趣的朋友，可以在網路上搜尋，打上「俳句」二字即可進入我個人　　　網站的俳句網頁。

卷上：一句詩

做一個詩想家　為詩活為詩死

✧　✧　✧

人生百味　而今獨鍾禪味

✧　✧　✧

紙筆相約私奔　要用真愛寫一生滄桑

✧　✧　✧

那個年代　誰沒有嘗過竹筍炒肉絲

✧　✧　✧

愛情上了解剖台　再也沒有醒來

✧　✧　✧

有沒有一個人　可以放在心窩裡珍藏？

✧　✧　✧

囚禁一顆愛情種籽　等待春天發芽

✧　✧　✧

有些人明明跟你握著手　卻感覺不到他的溫度

✧　✧　✧

生命之歌愈唱愈短　竟短成驚嘆號

✧　✧　✧

青春不該在嘆息裡枯萎

✧　✧　✧

有誰　不想向青春靠攏？

✧　✧　✧

愈懂得節省時間　愈發現時間不夠

✧　✧　✧

翻書一般　指間輕易滑走的日日夜夜

✧　✧　✧

離去的背影　無論如何也要美麗

✧　✧　✧

陽光在貓背上作畫　嗅吧那暖暖的氣息

✧　✧　✧

冬日，午后，南窗前；咖啡，貓咪，讀李白

✧　✧　✧

春天說了悄悄話，卻找不到聆聽的耳朵

✧　✧　✧

醉與不醉間　酒的滋味最美

✧　✧　✧

如果　我最愛的人等於最愛我的人

❖　❖　❖

躺在童年樹上的我　再也沒有下來過

❖　❖　❖

還在尋覓什麼？夢中夢，心外心

❖　❖　❖

我們嚮往的　總是河的彼岸

❖　❖　❖

細雨行吟　濕了衣裳詩了心

❖　❖　❖

故紙堆裡　尋古人體香

卷下：俳句

（注：加粗體者爲季語）

中秋節的歌仔戲　神看人不看

✧　✧　✧

老婆的臉　一再回鍋的**臭豆腐**

✧　✧　✧

木魚「叩叩叩」　殷勤超渡**嘉鱲魚**

✧　✧　✧

註生娘娘生　新嫁老女磕頭忙

✧　✧　✧

候選人開支票　**芒草**頻搖頭

✧　✧　✧

七十老翁吃**山薯**　明年做新郎

✧　✧　✧

山珍盤底空　老闆告知毛毛蟲

✧　✧　✧

老公出差　辣妹裝夜遊

✧　✧　✧

掩耳點爆竹　紅衣小姑娘

✧　✧　✧

昭和草滿地長　歷史卻模糊

✧　✧　✧

烤章魚少三爪　愛貓在打盹

✧　✧　✧

扶持涉梅雨　無語老夫妻

✧　✧　✧

補冬補出青春痘　男友不相識

✧　✧　✧

分手**杜鵑**花前　你不回頭

✧　✧　✧

推銷員頭一回　街頭**春寒**

✧　✧　✧

藤椅上展**家書**　老花眼逐字讀

✧　✧　✧

人車靜　**壁虎**孓影臨窗看

✧　✧　✧

無月　迷失故鄉的方向

✧　✧　✧

門縫來**秋聲** 敲響不眠夜

✧ ✧ ✧

火警熱鬧看 錢包不翼飛

✧ ✧ ✧

學生驚醒 隔壁老師**打噴嚏**

✧ ✧ ✧

換月曆 上面美女不曾老

✧ ✧ ✧

遊客爭看**春耕** 老農靦腆

✧ ✧ ✧

愚人節 諜對諜

✧ ✧ ✧

河堤喧鬧太平年　**春月**在天心

　　◇　　◇　　◇

文藝季開鑼　八十老旦變十八

　　◇　　◇　　◇

丐幫祭　流浪狗坐首席

　　◇　　◇　　◇

大風吹**城隍祭**　考生八字落地

　　◇　　◇　　◇

失業父親望天空　燕子又歸來

　　◇　　◇　　◇

貓狗相擁　**寒流夜**

　　◇　　◇　　◇

冬至夜未眠　一盆泥火兩盅酒

✦　✦　✦

買氣勝春寒　檳榔西施辣裝秀

✦　✦　✦

遲歸躡腳進房　蚊帳裡不見妻

✦　✦　✦

瀑布下的誓言　在有聲無聲間

✦　✦　✦

老婆刷爆卡　這款颱風假

✦　✦　✦

人人扮關公　麻辣鍋

✦　✦　✦

男友三度換　**圍巾**織未成

◇　◇　◇

春聯處女秀　路人笑指鬼畫符

◇　◇　◇

餐廳**圍爐**　百家姓

◇　◇　◇

兒女成遊子　愛犬來**圍爐**

◇　◇　◇

發福後的老婆　堅持**小陽傘**

◇　◇　◇

偷瞄　**亭仔腳**的檳榔妹

◇　◇　◇

山錦繡　醉眼賞

✧　✧　✧

划拳鄉里知　秋蟹肥

✧　✧　✧

笨手笨腳打毛衣　失業女博士

✧　✧　✧

掌下留血痕　老蚊帳新破洞

✧　✧　✧

聞著老情書的氣味　曝書樂

✧　✧　✧

招牌掉下　秋風殺死流浪漢

✧　✧　✧

分手**無月**時　朦朧的你的背影

◇　◇　◇

穿垮褲　**稻草人**有眼無珠

◇　◇　◇

紅面鴉鬥白鵝　老狗看熱鬧

◇　◇　◇

三年**尾牙**同菜色　老闆沒換妻

◇　◇　◇

春耕　失業子弟回鄉潮

◇　◇　◇

踏青遇同好　一句呷飽未

◇　◇　◇

阿嬤每天點名　一缸子**熱帶魚**

❖　❖　❖

熱帶魚掛樹梢　大海嘯

❖　❖　❖

等官員合照　老農苦抱大**南瓜**

❖　❖　❖

瀑布下吵架　演默劇的兩個人

❖　❖　❖

真情告白　多虧三大杯**啤酒**

❖　❖　❖

驟雨後　乍見情人髮梢的彩虹

短詩

這一卷以短詩為主，大約六句以內稱為短詩。早期我自己瞎寫時，會以組詩的形式來寫短詩，後來加入乾坤詩社，林煥彰老師提倡短詩，並且身體力行，在詩刊上還闢有專欄，提供園地鼓勵詩友創作。

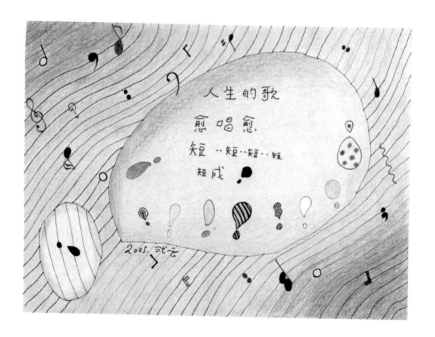

漫說憂愁

之一

憂愁是寄居蟹

從這一刻孤獨

流浪到下一刻孤獨

之二

憂愁是包袱

背不起

甩不開

卷二

短詩

29

之三

憂愁是風景

愈是熟悉

愈不堪

碰觸

之四

憂愁是雨

落在紅瓦屋頂

流瀉斑斑

苔痕

之五

憂愁是戀人的淚

守候愛情　成

永恆

之六

憂愁是許多慾望

被禁錮後的

身影

夢之隨想曲

之一

把夢種在泥土裡

它會不會生根、發芽？

它需不需要陽光、水分？

它需不需要愛？

之二

夢有沒有故鄉？

如果有

它會不會有鄉愁？

之三

如果夢罷工了

人們還需要睡眠嗎？

之四

白日夢

能否歸化為夢的子民？

之五

老虎夢見自己變成人

牠會高興還是

憤怒？

之六

貼一枚郵票在美夢上

寄給遠方的

友人

秋絮

一

飄在半空中

秋，化為一片

自由

二

落葉的耳語：

我們都會成為過去

三

落葉，似狂草

揮霍季節的

性格

四

都休耕了

大地上不見

秋詩翩翩

五

秋的留白

在思念最圓熟處

滋味

之一

咖啡屋裡

我點了一杯名叫

氣氛

之二

酒，乾了一杯

一杯，又一杯

淚，仍是

鹹的

之三

燒焦的愛情

撒再多鹽

也不能

冒充鍋巴

之四

被月亮晒傷後

一日白過一日

等待你

唇的溫度

之五

變質的友誼

一如，隔夜的

茶

之六

九層塔不懂

生生世世

只當配角

之七

我的嘴很刁

只飲月光吻過的

孤獨

之八

切切剁剁

恩怨情仇

煲一鍋

人生

偶拾

之一

耳朵癢時

寧可相信

有人在想念我

朋友

想念我時

請別太用力

之二

泡泡再大再圓

終不免破滅

像那一個個

斑斕而飄忽的夢

之三

夢有時很泡沫

尚未映出七彩光圈

享受片刻卑微的虛榮

就化了

之四

茶

溫著含苞的

故事

只讓舌尖

閱讀

之五

燕子

告別簷下的家

飛向

秋日的雲空

之六

暴雨

賣力敲打大地

越敲越急

敲進夢的

門檻

之七

信箱

善於等待

卻不善於珍藏

所有的秘密

都樂於與人

分享

之八

靈感

是我夜晚的情人

白天

它像陌生人

打窗口經過

沒有抬頭望我一眼

之九

最終最終

能陪我走到

天涯海角的

竟或是一雙鞋

之十

愛情

不知自己已朽成

臭皮囊

兀自在風中

招搖

老境三帖

之一

送走兒孫

一室喧鬧的

餘溫

夠放入碗裡

咀・嚼・

在等待的日子

之二

急什麼急？這些行人

不斷超前，撞得我東倒西歪

想當年，我——

想當年，我最討厭走得慢又

愛擋路的

老人；如我今日這般？

之三

今早洗臉了嗎？

　　吃藥了嗎？

叮咚——；「老李，什麼風把你吹來？」

「老張，不是早約好的嗎，老王來了沒？」

「什麼，老王也要來？」

「你不是說要打電話約他嗎？」

也許

心裡那口井
許久，沒有春風來訪

也許
不該再等待，那善忘的
春風

歲月

每一根白髮
每一條皺紋
都與歲月
臍帶相連

紅塵孤島

這世間

誰不是孤島

載浮載沉

紅塵大海

鈕扣

在你心上縫一顆

鈕扣，希望只有

我　可以

解開

小人物異想

熱臉貼冷屁股，是小人物特有的

恩寵；人世一遭，品嘗

千姿百態的冷

臀

苦瓜苦不苦？

苦瓜苦不苦？水蛇問青蛙

苦瓜苦不苦？青蛙問毛蟲

苦瓜苦不苦？毛蟲問蜜蜂

苦瓜苦不苦？蜜蜂問苦瓜

苦瓜苦不苦？苦瓜不知道

苦瓜只想問，你心苦不苦？

詩心情

走在春夏秋冬的嬗遞中，悲歡離合綴成人生的林林總總，雜陳的滋味通通攬來，化為詩心情。

春雷

還在冬眠的迷夢中

時間

故意弄出轟隆巨響

雜沓由四面八方

襲來

我左閃右躲

似寂寂黃昏裡

突然舞動的

音符

春曉

無法拒絕晨光

風在林梢

鳥語在枝頭

陽光流瀉花顏

涼沁穿梭胸臆

漫步花徑　驚覺

春天也有落葉

踩過落葉

踩過生命多感的

薄晨

蹓蹓蹄痕

怎敵掃葉老人

一帚一帚

將歲月掃向

滔滔江河

初春微涼的腳印

也許你不曾讓

赤裸的靈魂，披上

初春微涼的

晨光，踩一地

清露

輕輕地

踮起腳尖，怕驚醒早綻的

杜鵑

風露中

青衫隱約

輕撩晨霧

草地上浮著

一行，微涼

等不及驚蟄的

腳印

春雨

再也不敢嫌你們吵了

再也不敢說你們酸了

再也不想把你們摒除在

門外

窗外

傘外

如果可能

也請你們來拜訪我們心中

那口枯竭的

井

知音

和雨談了幾天話

漸漸像知音

我贊歎它

在天地間堅持永恆的

線條

它歡喜我

處濁世裡保有不渝的

清心

我們的最愛

恆是

潑墨般無邊的

孤獨

繁花走過

妳們絢然三月的枝頭

以絕色之姿

以壯烈之概

妳們似有千萬片

唇

層層疊疊

為渲染春底

神韻

妳們卻又欲語還休

似沉默的使者

把禮讚留給

仰望的人們

人們

行過鋪天蓋地的

繁花

已然在

三月的枝頭

酩酊

玩色春天

春天

是玩色高手

先打個底

用薄薄的

欲語還休的

陽光色

再撕裂大塊大塊的

彩虹

天女般向大地

揮灑

繽繽紛紛

棲滿枝頭

粉紅嫩綠

鋪一地爛漫

小鳥的歌聲

晃漾一層亮金

戀人的絮語

迤邐一脈紫煙

且拾來彩虹的

碎屑

拼湊一身

百花爭綻的

春裝

逸入春天

夏日戀衣

那一年夏日的陽光

曬出一件古銅色的

戀衣

用戀人的囈語

密密織就,濡著

啤酒香與海潮味

嵌上依依淚光

埋它在沙洲

聽潮起潮落

等待，千年後

松濤橋畔

另一場

邂逅

梅雨心情

梅子黃熟時節

雨　為我們編織一片

曠　野

于是

夢裡也盡是雨

沒有繽紛的傘

夢　一個又一個

被濕意

剝　蝕

冬天　我們擁有燭光

春天　我們行過繁花

而這一季

除了喧囂

我們還期待什麼？

一行寂寞的詩

飄入五月

一行早秋的詩

被詩遺忘的手

伸入初秋薄薄的雲

雲，不語

　　　　　　　　　　行　雁

　　　　　　　　雁　　　　　行

　　　　　　　里　　　　千

目送　千　　　　　　　　里

誰在蘆海裡吹笛

笛聲如浪洶湧

洶湧著光陰的

皺褶

被詩遺忘的手

遂在皺褶裡迷失，成

一行早秋的詩

秋歌

故園在夢裡老去

芒花浪捲秋山

一片白

耳畔響起一首古老的

秋歌

芒花串成的音符

飛呀飛

飛落遊子雙鬢

異鄉的秋

不見芒花催浪

卻見風中的遊子

滿面霜

那一夜，嫦娥也在看我們

太空人阿姆斯壯宣稱

他在月球上的一小步

是人類的一大步

曾經

我們以為那一步

粉碎了美麗的神話

我們認命地

像螻蟻般

匍匐在

沒有神話的年代

我們活得很平面

所有的夢想都

遁逃

就在那一夜

月光的薄翼

溫柔地披在我們身上

聽到神話的呼喚

來自遠古

不絕如縷的

呼喚

原來嫦娥未曾離去

原來嫦娥一直守護著我們

他們怎知

那唬人的一大步

未能跨越

月宮的門檻

他們怎知

古老的傳説

早就賦予月亮

不朽的生命

那生命

孕育了千秋萬代

不熄的詩薪

仰頭

虔誠地

找尋嫦娥的芳蹤

那一夜

拾起神話的我們

吻著月光

吻著桂香

吻著詩薪

那一夜

我們在看嫦娥

嫦娥也在看我們

聽雨

就這般下不停雨鎮的夜

嘈嘈切切，簷上話家常

下到眼裡，卻被臉頰借代並且

轉注，成一闋宋詞底

蒼涼

聽雨　陪一隻無家的貓

孤挺挺的背脊，劃開雨簾

坐落為雕像

被陽光月光書寫過的流浪史冷然

映著雨光如琉璃碎片

都説雨季的唱腔太冗長

恍若大宋江山一寸寸流失

夜，收集太多離合之淚

嗚咽，聽不完的

慘慘戚戚

雜沓而泥濘的步履，疑是追兵

卻是傳福音的隊伍

雨地上撒天外的種籽

（原來雨聲翻唱了若干世紀）

Al-le-lu-ia，Al-le-lu-ia

被雨斷層的音符

滴滴答答尋找需要祝福的人

打教堂尖頂掠過的鹿蹄

叮叮噹噹尋找需要相信的人

何處鐘聲響起

歲在祝福的季節

無家的貓側耳傾聽

無邊的夜，擺盪

游絲般的回聲

Al--le--lu--ia，Al---le---lu---ia

這樣一個女子

沒有翅膀

想飛

潮起潮落的水岸，因著

白鷺鷥的翩影

編綴羽翼翩翩

沐著夕照，穿梭

彩霞與彩霞的裙裾之間

帆影盡處，你聽

一路的吟哦

無悔

讀不完

床頭的書

堆積如山

每一本都想讀

每一本都沒讀完

人生也是如此

什麼都想讀

什麼都沒讀完

生命書

打開生命這本書

想以陽光為底色

配上絢麗的插圖

寫著寫著

一片混沌

蹣跚的步履

迤邐在

字裡行間

已寫的寫不好

想寫的寫不來

只有讓它

空白

時間的符咒

習慣在眾聲喧騰裡

聆聽時間的軌轍

時針與分針的夾角

恆有一匆忙的符咒

一路搖滾下去

即使是下午茶

咖啡館藍調的慵懶裡

符咒，仍驅趕著心跳的

顫動

滴答滴答滴答

心中的鼓聲一逕

搖滾漫漫

煙塵

即使是微風細雨的

小路，符咒無情

敲打小花小草

腳步急急

滴答滴答滴答

窸窣窸窣窸窣

眾聲喧騰中

符咒

是搖滾不盡的走馬調

恆在時針與分針的

夾角

給遊子

你說你要去流浪

到那遙遠而未知的他鄉

放一把故鄉的泥土在行囊

你說泥土裡有母親的芬芳

遊子啊遊子

你可知飽脹的行囊

有母親的淚

千

行

來‧去桃花源

溯一溪清澈而上

輕風撩我衣袂

鳥囀拂我耳畔

清涼世界，有我

八萬四千毛孔的

舒放

白雲盤桓陪我

涉了數程清涼

我步履漸緩

漸緩

坐下吧

溪中的石頭邀我

他說

等了很久很久

再不見

誤闖桃花源的人

石頭苔痕累累

我趺坐

數著飄落的桃瓣

聆聽落花

原來

片片流逝的

不是桃花

是淵明的遊吟

歸去來兮

歸去來兮

別了，石頭

我也有片將蕪的

田園

歸去，與落花

深情相視；而後

瀟洒相忘

這一夜，失眠

總該有些話語

紀錄這一夜的失眠

也許你不相信

夢，會被月光灼醒

月光

差遣一方溶溶色澤，穿牆入戶

就足以購買酣睡者的魂魄

依稀記得

月光已傷別於那一季夏

為何在這一季秋

復活

有關於月光的斑駁回憶

也在這一夜

灼醒

烹調愛情的方法

他們談論有關

愛情的烹調

清蒸好

看得出純度

慢燉才好

時間可以把深沉的成色

熬出來（熬到天長地久）

熱炒最過癮

大把蔥薑蒜辣椒

開到大火快炒三兩下

（配上生啤酒尤添風味）

我說還是糖醋恰當

酸酸甜甜

不正是愛情的滋味

不，碳烤才跟得上時代

不，紅燒雖老套，百吃不厭

……

生吞活剝才是本色

愛情說

抱歉

抱歉　陽光

我用皺縮的雙眼吮你

吮你一夜休憩後的飽滿

心中的急鈴催著

倉促的腳步

吁吁氣喘是我的晨歌

行吟在上班的路上

路啊路啊

你也該痛入骨髓

因我那粗重的腳步

抱歉　月亮

為了誘我讀妳

一夜圓過一夜

澆花時　妳看我

晾衣時　妳看我

燈下沉吟時

妳是我心路的光源

妳叩窗的殷勤

被我陀螺般的心情

辜負了

也許

等我老去

終於有大把時光

我會讓陽光細數

皺紋

讓月亮傾聽

往事

聽夜

走進夜的最底層

卻走不進夢裡

傾聽

寂寥，在天地間漫起

波濤，在方寸間狂歌

波濤嘯動

縱橫一地細碎的

月影

月影婆娑

翻飛踴動；而後

寂寥

潛入夜的最底層

依舊潛不進夢裡

大象之歌

生生世世

我在輪迴的旅次中

以大象的軀殼存在著

曾經

我是戰場上的勇騎

肩負戰士

衝鋒陷陣

耳邊盡是廝殺聲

但我不退卻

直到流乾最後一滴

血

曾經

我是森林裡的象工

承載重重的木材

越荊棘涉泥濘

日升月落

重擔

似乎沒有

放下的時候

曾經

我是觀光勝地的明星

在鞭笞下學習

挑戰高難度的動作

偶爾也會銜筆作畫

贏得滿堂

喝采

曾經

我成了外交禮物

遠赴異國的動物園

做一隻沒有戰場

沒有森林

沒有舞台的

「偶」像

人看我

我看人

也有聊

也無聊

這一世

我流浪到都市

在車水馬龍的

喧囂市聲中

無聲地遊走

乞求都市大佬

賜我食物

大佬與我合照

我擺不出笑容

心裡迴盪著

流浪悲歌

小記：泰國許多大象的主人，把牠們帶到曼谷，在
　　　車水馬龍的街頭，與觀光客合影，對交通有
　　　影響，對大象也不好，令相關單位很頭痛。

卷三
詩心情

秀才人情

秀才一揮手

兩袖墨淋漓

一句平常心

道在其中矣

入世出世隨緣

見山見水自在

又有千竿竹

瀟瀟板橋意

他日蔭下釣閒適

聽竹喧

故人情

小記：泰國詩友苦覓贈字畫各一幅，畫爲墨竹，字爲
　　　「平常心」，旁有題字「山無需入，世無需避，
　　　待客如獨處，獨處如待客。山是山，水是水；山
　　　非山，水非水。」茲因詩題畫意作此詩。

歸來

～和嶺南人、劉舟、苦覓、淑君送別詩

藍舟歸久矣

秋風捎來雲的思念

已渲染成

姹紫嫣紅

黃鶯不曾自許

嚶嚶而鳴

只為尋覓

詩的同路人

佛國三載

鄉音未改

鬢毛未衰

眼角卻依稀刻劃幾許

湄南水的

波影

而今

再作濕人

賞著淡水河畔

左岸咖啡館的

扉扉雨簾

回味

唐人街茶樓裡

詩友們的

陽光絮語

沒有宋丹^{（註1）}沒有靠鳥^{（註2）}的日子

我在鐵蛋的咀嚼裡^{（註3）}

獨攬一江風月

寄語泰北詩叟

他日佛土再訪

願詩友群聚

手摘園中蔬

暢飲甕中酒

一句莎哇哩卡^{（註4）}

一句乎乾啦^{（註5）}

詩話酒話

繽紛如

繁星下凡來

註1：宋丹：泰國小吃，涼拌青木瓜絲，風味獨特。

註2：靠鳥：糯米飯。

註3：鐵蛋：是我故鄉淡水的名產，把蛋滷得黑而硬，故名。

註4：莎哇哩卡：泰國人相見時的問候語，相當於「你好！」，與台語「三碗豬腳」同音。

註5：乎乾啦：是兩位盲歌手早年走唱淡水，其成名曲「流浪到淡水」中的名句。

附詩：嶺南人，劉舟，苦覓，淑君

一 雲的思念（寄詩友康康）　嶺南人

又飛走了，一隻黃鶯

沉寂的園林更沉寂

竹林裡，飄逸的風

猶記得　妳

玲瓏的身影

嚶嚶而鳴的歌聲

寄話轉涼的秋風

給阿里山下的詩魂

捎去湄南河上空雲的思念

二　送別（康逸藍文友歸返）　　劉舟

藍舟催發（1）

驪歌隔斷湄水

怎堪敵

風急秋早降

留不住櫓槳聲聲

一葉帆影歸去

湄南結緣

驚鴻投影

騷盟椽筆揮灑

持節夫人一輯新詩丰采（２）

倍添文壇一段佳話

好景虛設無常

念君去去

他年佛土重臨

泰北青竹茅籬迎客

一壺山泉素酒

把盞高談

邀君共品

農家飯

附註：

1藍舟、藍棠、康康，即康逸藍文友筆名雅號。

2康逸藍夫君為國府駐泰台北經貿代表處軍協組長。

三　懷友（寄康康君）　　苦覓

你，終於

回到自己的家園

種

半畝李清照的黃花

聽

風雨掀起四季的濤聲

只是，秋風漸涼

數年佛國的水土習慣

是否敵得住

阿里山頂襲下來的霜露

而，椰影蕉風

也搖響一種遺憾

從此，

唐人街的茶樓裡

詩友的團聚

將，少了一個話題

少了一個笑語

從此

湄南河裡

你曾經漆彩過

且少了一把槳的龍舟

將，如何載動

五月的鼓聲和粽香

又至萬馬奔騰的年頭

在沒有「宋丹」

沒有「靠鳥」的日月潭

但願，你如椽的巨筆

寫出不朽的詩篇

四　送別　　周淑君

您的鄉愁

等到出發當天

就能結束

但我們的懷念

等到哪一天

才會消失

小記：我在曼谷朱拉隆功大學中文系教了一年書，
　　　束裝返國前，淑君同學寫此詩送別。

整容

拉了皮

年輕十歲

抽去眼袋

又年輕十歲

打肉毒桿菌

再年輕十歲

只是呀

老去的心

要怎麼整它

才能匹配

年輕的這張

新臉

下午茶

咖啡屋裡

屬於我們的老歌

迴盪著不忍離去的

年代

久別重逢

我們像兩隻呢喃的小鳥

急急忙忙重述歷史

奇怪啊

你記得的往事

我記得的往事

像兩條不同的軌轍

以不同的記憶

對話

鋪陳我們那一路走來的

共同歲月

這樣一場

下午茶

久別重逢的我們

各自表述一段

共有的歷史

你相信你的

我相信我的

原來歷史的真相

存在於相信之中

而我們老到沒有野心說服別人

我們甚至互相包容互相欣賞

各自表述中的

創造性

可好

老歌是我們共同熟悉的

隨著曲調輕哼

那一段共有的歲月

我們尋到相同的key

詩與夢

詩是生命的骨

夢是生命的肉

心靈繫在雲端

彳亍於浩翰天宇

詩，一行行

迤邐七彩虹霓

夢，一個個

編織滿天星斗

所有愛的等待

都是詩與夢的化身

等你夢裡尋它

莫因為春天遲來，失去

等待的心

你的愛

也許正如那害羞的春

只為吟詠心靈的悸動而

步履姍姍

柴米油鹽

可以是詩夢交響曲

炊煮大地所賜予的一切

讓想像的精靈燃燒

再調入點滴感恩的心

一粥一菜，含蘊

大地的愛

生活如潑墨般揮灑自如

勾勒幾筆峰巒在氤氳之中

任一葉扁舟海角天涯

漂向詩園

漂向夢海

漂向生命最美的

國度

詩寫三芝行

黃昏的味道

被薄荷佔領

直搗喉頭的高粱醋

向天空

嗆

理想國度悠緩走來

山中落日一逕長影

蚊子也來學詩

啃詩魂

囓詩血

嗡嗡嗡行吟

飽嘗一肚子搞笑天書

誰

要當堂堂正正的詩蚊來著

呵呵呵

為山中的靜寂

譜一段

夜的

進行曲

忘了問它

1995，邂逅於南非陽光邊城的那株

鼠麴草

是趕搭移民潮的飛機去的，還是哪個

水手上了美麗的福爾摩沙

不經意帶去的？

聽說那一年

彼岸的飛彈虎視眈眈

弄虎人忙著在此岸挑釁

不想和福爾摩沙俱成砲灰的人

變賣所有家當

跨過赤道跨過印度洋

去到那一片廣袤無比的大陸

甫掙脫種族隔離的黑色世界

曼德拉用那雙推倒藩籬的手

打造一個從優獎勵的新樂土

頻頻招呼家當都背在身上的

對故土心死的福爾摩沙子民

1995，我是那一片樂土的過客，某天

熙來攘往的分隔島上

驚鴻一瞥，熟悉不過的

鼠麴草

無法停下來與它，用家鄉話相

探問，鄉思卻在我頻頻回首中

童年的野地，遍生的鼠麴草是

寶，挽著竹籃小手忙採摘

等著母親的魔手洗曬揉搓，再捏成

祭天拜祖的草仔粿

鄉思走到舌尖

異鄉的鴕鳥羚羊鱷魚料理都

靠邊站，苦苦相思一縷

鼠麴草的清香

2006，我在自己的土地上

尋不到鼠麴草的身影，而母親老矣

搓不動黏Q的草仔粿

忘了問它，1995陽光邊城那株

鼠麴草，怎麼飛越迢迢山水？

可知2006，我在自己的土地上

苦苦相思那一縷

草的清香

點。滴。之外～急診室手札

點。。。。。滴。。。。。點。。。。滴。。。。。

軀殼困頓。。。苟延依然。。。篩漏的脈動。。。

凝涸的鐘擺。。。。。。

　　。。。。靜。默。潛。行。。。

點。。。。。滴。。。。。點。。。。滴。。。。。

眼窩用空洞語彙逡巡，雪地般的白

天花板的白。。。

床單的白。。。

醫袍的白。。。

護士鞋的白。。。以及。。。

鄰床病友的白。。。以及。。。

鄰床病友以及鄰床的鄰床的鄰床的病友的

白

藏在眼窩深處

點。。滴。。。緩慢的行板

踱。。。踱。。。踱。。。

等在血管盡頭，空洞與空洞交換的煎熬

點。。。。。滴。。。。。點。。。。。滴。。。。。

。。。。。。。。。。。。。。。。

淌在寂靜曠野

點。。。。。滴。。。。。點。。。。。

滴。。。。。

。。。。。。。。。。。。。。

白；淹蓋寂靜曠野

鳴笛，自曠野盡處奔來

眩惑的光影代替天色

閃動閃動閃動閃動閃動

闖入唯一的異色

擔架上，才生剝下來，溫熱且

汩汩流瀉～～～～～～的

紅

小記：本篇用了許多「。」代表點滴的形象，因為點滴的速
度總是很慢，慢但持續，一點一滴耗掉時間。2006.09
母親生病，在急診室待了近一日才轉進病房，我在急
診室看著點滴以幾乎感覺不到的速度滴著，想著人的
生命就是以一種感覺不到的速度在消逝，有感而寫。
初寫時並未以「。」穿插，總覺得無法表達當時的感
受，直到大量用「。」後，才找到那種感覺。

收驚

哭，哭不休

睡，睡不穩

燒，燒不退

良醫看過，苦藥灌過

依舊哭不休睡不穩燒不退

寶貝，你怎麼了

鐵齒扗不過

阿嬤三番兩次叨絮

去收驚吧！小孩子容易看到不

乾淨的東西

收驚去吧！就算安阿嬤的心

一行人跟著孀婆小巷裡

三彎兩拐，尋訪收妖大仙

不相信

尋常百姓家的小小神壇

尋常人物披上陳年道袍

能伏妖降魔

不相信

幾柱香煙裊裊

一張鬼畫符

佛來佛斬，魔來魔斬

道袍抖起，突然

吐出一串火星文

哇──

開天闢地一聲啼

寶貝，別被這不神不鬼的人嚇著

怪怪，那尋常老道還我一個

乖巧健康的小寶貝，始信

妖孽之必然存在

唉──黑金成鬼魅

弊案連環爆

想偷偷問阿嬤嬸婆們

可不可以陪我去

收個驚

複製的城市‧複製的我

終於買到甜甜圈，在排了長長的隊伍之後

緊緊抱著Mister紙盒－裡面原該躺著甜蜜

再拎一杯星巴克焦糖瑪奇朵

香氣相隨，夢遊似走在陌生的城市

7-11–寶島眼鏡–曼都髮廊–阿瘦皮鞋–G-2000–麥當勞，

對街矗立

錢櫃KTV–白甘蔗涮涮鍋–全家–康是美藥妝–金石堂

是誰？把熟悉的場景複製到

陌生的城市，只為讓我的逃離

枉然

或者 我竟是複製的我

一逕失魂落魄走在複製的城市

行色匆匆穿梭街頭的人群也複製了，並且

唯妙唯肖

為何？獨獨忘了複製你

陪我排隊買甜甜圈

搶著喝焦糖瑪奇朵的

你？

因為風

有風刺骨的日子

15℃的正午，曬曬路過幽谷的

料峭光譜。狗毛飄揚

發亮在奔跑中

藍天走過我瞇起的眼，嶙峋

芒花盡招搖，惹來雲影徘徊

因為風

揮灑一幅忘了框邊的畫

薄衣抵擋不住蛙鳴

蝌蚪躲在水草間，等這一季

幸福成熟

看看誰是獵物

鷹翱翔，追逐風，飆進飆出

畫外，留一聲冷嘯

盤桓遠空

品茗閒談總釐不清人生底蘊

唾沫風乾還參不透世間炎涼

未曾粉墨就，登場跑龍套

將就還要跑下去

噫吁嚱

幽谷陽光被炒得

暖呼呼。但，請別坐在陰涼處

呼叫愛情的聲音絕對要壓過

滿山亂風的鼓譟

旅次

我試著試著把你騷動的心放入風的口袋

讓它跟著去流浪去尋找知音去愛一場

在異鄉的酒館裡隨風笛起舞，隨陌生人

雜沓的節拍重構故鄉風貌

異鄉的街巷你的鄉思縈繞行道樹

只有簷上的寒鴉聽懂且應和以嘎聲

微醺的低吟數遍石徑上前人的風標

縹緲時空裡千古相尋，看不見的

手紛紛與你把晤

風的口袋裡你騷動的心

沉澱若干溫度與色澤

落葉的聲音你

聽──到──了

第三隻眼

沉睡如一座死火山

千劫萬劫不願醒來

甘於闃冥中

顛·倒·夢·想

層·層·包·裹：

護城河住著火龍不斷噴出貪慾火舌

密實高牆矗立滿臉被嗔念扭曲之怪獸

塵封的尖塔裡纏結癡心執持之網

天境，許是削一顆梨的時間

而凡塵，

滾動的櫥窗不斷推陳

出新：以眼耳鼻舌身意

以戰火；以和平

以光陰之名

經咒叨叨唸唸

輪迴的老梗N次方

輪迴

木魚不曾闔眼不曾停歇

叩叩叩叩；等著

敲醒靈山一點

冥頑

何時醒轉？

甘於閽冥的眼

落葉

～悼一個年輕生命的殞落

殞落的線條有幾分
彳　　亍
也許我並未準備好

虛空太大
借一點風的善意
指引此去的路

頻回首，頻回首
所來處隱約的
召喚隨八風
迴

頻回首，頻回首

冷月的淚泫在誰的

眸

頻回首，頻回首

棲在枝頭的依舊抖擻

風中雨中

只能回首，不能回頭

塑自己

成一枚書籤

不能再薄的

棲息在

兩頁悲傷之間

詩人的一個秋天午後

電風扇翻轉秋日的嘆息，靜靜讀著

楓葉的回憶錄

灰白的髮用下半身當書籤，詩集枕著

詩人半失智的腦；另一本詩集以

捲頁的姿勢被詩人左手掐住；又一本詩集在右手

哭泣，因為被奴役成扇子

只聽見謾罵聲遠遠近近不知是誰的政見

詩人早已不管世事：該說的早唾沫在詩中

糊牆的那幾頁血氣方剛是蟲子的最愛

遮窗那一本慷慨激昂仍向路過的眾生說法

墊鍋子那一本最厚溫出一肚子包容

還有

床舖下心事情事家事國事天下事生死事堆疊成

矩陣，蟑螂老鼠都嫌少油煙多陳腐；倒便宜了蠹蟲

漫無章法啃他生生世世，自創新世代回體文

都說詩人的腺體最搞怪，解剖總教頭無厘頭地鑽

一輩子心血成就一冊冊不能解讀的

蠹書

思鄉調

失去家園的旅人

用流浪的歌調

幻想故鄉的存在

今夜　　向大地借來眠床

順便借一場好夢

夢回故園

煙塵漫滾

荒漠盡頭一輪

寒月　高掛不安的

蠱

狼嗥攪碎夜的

臉

伴隨自生命湧出的

故鄉小調

像流星雨撒落

自夢裡到夢外

沒有家園的旅人

不在乎鄉愁的形式

夢裡夢外

寒月遍照

狼嗥伴奏的

思鄉調

瑰麗與死亡之間

介於瑰麗與死亡之間

你，遣一隻青鳥

翱翔朦朧地帶

誘我

以青春的瘟神

安魂曲被歲月醃漬

音符浸泡滲出黴斑

發酵的青春

悶在如甕的幻界

幽囚我在你靈魂

不曾被墾殖的處女地

你隱約知道

淋了雨的我

會是一條半透明的魚

會聽到海洋的呼喚

但你甘於渴旱

幽囚我，浮游於

瑰麗與死亡之間

老井知道

年歲靠岸

鄉愁卻仍漂泊

蛇苺盤桓迂曲

版圖爛漫成野

血脈蔓爬

蜷鬚盡處，生命的

初始，流浪的

起點

越過屋前的老井

越過故鄉的溪流

腳跡走出傳奇

版圖結網天涯

老屋深鎖眉頭，也許

鄉愁

沒有終點

那口老井知道

天鵝傳說異想

傳說

那是一幕躁鬱交疊的芭蕾

面具後苦吞淚泉的舞影

踮起腳尖狂亂點畫心靈真容

鮮血滲漏，極致地展演一地

掌紋

然而，千萬個迴旋千萬個

狂奔千萬個踏躍

不曾換來聖殿護照，於是乎

所有天鵝都翦翅，並且跛足

染患季節性風濕

沼澤裡賣弄泥濘

殘夢蹣跚而

狩獵的王子始終缺席

許柴可夫斯基一個夏娃的

願，妝點伊甸園為加密視窗

虛擬世界構築吧！一座風情萬般的

斷背山，記得

蘋果塗上不朽的蠟

那蛇始終婀娜

時空迴廊殷殷媒介

等在世紀後的亞當

讀懂了血痕密碼，引弓

向山索討

恆在靈魂幽域流徙之

呐喊

撕裂面具後的真容

舞裙飛掀如亂雲

踮起仍在滲血的腳趾

山壁間跳盪

芭蕾，沒有終篇的

童年多寶格

童年多寶格，祕藏

一籮筐；或者一拖拉庫

傻氣與笑浪

木麻黃炒的麵

泥土燜的飯

野花草獻出一盤盤

色香味，就著

一雙竹枝筷

一塊破瓦片

嘖嘖吃來，非關垃圾食物

馬櫻丹的花心串成花環項鍊

搗碎鳳仙花擦亮指甲

阿母的包頭巾繫在腰間

束一莖乾稻草蓋在頭頂

土丘上走一回臺步

芭比娃娃鄉土版

跳跳跳，小腳丫跳跳跳

大地上的格子靜靜躺著

載過無數跳躍的小腳丫

載過無數晨昏的屐痕

小腳丫長出翅膀

以告別童年的弧線，義無反顧

向雲高處

傻氣與笑浪塵封，也許蛛網為伴

善於講古的多寶格

總在跫音不來的黃昏，檢閱

眾心室的脈動

跳格子　家家酒　躲貓貓

木頭人　騎馬戰　踢毽子……

而等待總是

比夜還長

散文詩

　　什麼是「散文詩」？眾說紛紜，我從網路上擷取一段文字來說明：「所謂散文詩，顧名思義，即是以散文的形式寫成的新詩，林以亮曾以『在形式上說，它近於散文；在訴諸於讀者的想像和美感的能力上說，它近於詩。』，為散文詩下了定義，雖然仍有許多詩人不認同這種新詩的創作形式，但設若新詩的形式真的是自由無礙的，那麼以散文的形式寫詩，又有何不可呢！」

　　我挺贊同這種說法，也嘗試創作，但憑一種感覺，希望是「散文詩」。

這一壺茶
溫著含苞的
故事
只讓舌尖
閱讀

2005.式云

報紙印象

尷尬俯仰天地之間。原該無色無味，如鏡子般映出
社會真真實實的面相，提煉公理正義；

卻被顏色分門別類，塗紅抹黑，非藍即綠；都是
白紙黑字，在色塊鬥爭之中，染成氾濫的癲癇；

據說是一個島在沉淪前，自相殘殺的壞色

說明書說明什麼？

這一種很難讀通的書，小小一本，多為摺疊式。

特色是印有多國文字，文圖並茂；看著操作，每每

氣死半條命──多國文字無助於我的理解。

附說明書的東西，都讓我頭痛。它說明了：你是

笨蛋！

影印機

不該頌讚它比上帝還神，它不停印出來，我昨日的
心情，前日的心情‧‧‧以及無數個昨日的前日的
臉龐

直到，一張沒有五官的臉龐落地

贈品

為了一隻毛茸茸的玩偶，多辦一張信用卡

為了一個可愛的小包包，買一組昂貴的保養品

為了一對漂亮的咖啡杯，訂一張大而無當的按摩椅

贈品的魅誘指數，永遠強過商品

陀螺

小時候，並非玩陀螺的高手。長大後，卻成為陀螺達人，
把自己玩成陀螺。時間是那條纏繞的繩，一隻叫做忙碌的
手一甩，我就轉啊轉個不停。一次又一次，時間之繩纏我
我甘之如飴，以為這就是充實的

人生

火柴

戀上火柴，喜聽劃下去那一聲「嚓」，喜看一瞬間

迸出的那一朵火焰，喜聞一縷特殊的煙硝香。

其實幼時膽小畏懼點火，擔心被火燒灼。而今，

戀上火柴，重溫大竈前燒柴炊飯的往昔，

重溫父親點上一根新樂園，而後噴出一口煙的神態

門牌

招牌比門牌吸引人，老街的門面尤其珍貴，門牌淪為聊備一格的卑微

角色，被招牌、電表或商品搶盡鋒頭。一路走過，極少注意門牌的

存在。人們不會叫你到「××路××號買阿婆鐵蛋」，

或到「××路××號吃可口魚丸」。

為什麼注意到門牌？那一日，刻意拿著相機獵影，彎入街尾僻靜小巷，

右邊小碼頭有幾條船晃盪，左邊一家小店，未開，突然看到靜靜的

門牌，不是熱鬧地段，它保有自己的地位（僅一條電線管路通過）。

簡單的門牌竟然有點怵目，因為「××」二字被染上罪愆，有人恨不得將這

二字自字典中剔除（雖然此二字形象良好），我悲嘆它也許是即將消失的

門牌，說不上美感的它，喀嚓一聲，在我的鏡頭站成標本。

2007. 04. 30日誌

四月最後一日開始晨走；依往例沿河堤到

榕堤，山水之間舒展筋骨，而後靜靜看山看水

累積整冬的能量未罄，想起久違的忠烈祠

開步向前，河堤步道可人，踅入林蔭大道，往日時光走來

不禁，野草地上我繞圈練功，鞋上有泥土有草屑有

露水－問君多久未聞泥香？

這慈母般柔軟的懷抱等遊子多久了？

老松還在英烈還在藍天還在靜謐還在

管他外面翻天覆地，來，就對了！

卷四

散文詩

蚊子

一

我竟有度量讓蚊子停駐手指，吸吮，從容且貪婪；該是肚量很大的蚊子，吸不停歇。將手指橫到眼前，嘖嘖，一管AB型血飽滿紅豔。怕牠撐壞肚子我輕聲細語對牠道：

「呷飽味？」馬耳東風；吹氣，微風級，無動於衷；總該讓我搔癢吧，一陣強風挾帶口水；牠，踉蹌飛走。

難道蚊輩也知欺善怕惡！

二

寢褥就位的睡前，瞥見床邊空杯裡埋伏一隻獵蚊
（牠長期臥底熟知我作息）；今晚我不想聽嗡嗡獨
奏曲，更不想捐血。信手拈來紙片蓋住，搭座臨時
蚊監，祝一夜好眠。

天亮，揭幕，餓不死的吸血族，今晚再來鬥法。

撒旦是莊家

信不信所謂的民主已在撒旦設下的牌局見

真章，痞子家族霸住黑桃惡夜叢林，人渣

佔據梅花惡魔島，至於紅桃廢墟則隱居一

群過氣瘤三，無知的鼠輩正堆著破碎方塊，

夢想堆疊一個大同世界

特級爛的現在進行式老是拿一級爛的過去式

墊背，你的手氣只能在痞子人渣瘤三鼠輩四

道輪迴，投胎轉世都逃不出輪迴的宿命

三千年歷史提煉一顆貪腐原子彈，將在歷史

凹褶處爆裂

拱豬的慣用技倆，拉攏次要敵人打擊主要敵人
翻了個豬羊變色，露出狼狽本色，搭一座炒作
閻羅殿，吸血啃骨寸屑不留

焚書坑儒算老幾？君不見秦始皇率兵馬俑投
誠學賤招，俯首稱臣啊！禮義廉恥又算老幾？
背著《春秋》那漢子，古名儒家始祖，今喚
封建餘孽，正苦吟，一路咳血而來

So，Go，買些禮券買官去，買了官官說不完，
再添一劑弊案南北合，弊弊相連幣不盡

撒旦設局耍弄撒潑手眼，放扁身段死拗活
拗可成就千秋萬世不倒翁之霸業；刀俎上
的魚肉怒吼了向天向地向四面八方，刷新
叢林法則

今天這款心情

今天這款心情該品哪款茶？瓶瓶罐罐羅列，各自密封著什麼樣的原鄉密碼？有沒有我懷想的土香？有沒有被露珠擁抱過、被晨曦親吻過？拈青的手不會是村姑的吧！村姑過時陸羽彌新，茶經與茶道隔著時空相濡，氤氳纖纖玉手裡。一盞東方美人展顏，酡酊若秋天的黃昏。

今天這款心情該聽哪款歌？卡帶CD天梯似堆堆疊疊，歌手靈魂惺忪等待釋放。藍天佩帶幾朵白雲，經風逗弄鋪陳慵懶，踥蹀老歌的悠乎調。駕著古老音符飛奔回憶驛站，尋訪驛站歌手，音容笑貌仍留連。記憶氣球颺起年少花絮：繽紛與幻滅玄起玄落，隨著恍若隔世的熟悉。

今天這款心情該讀哪款書？以簡冊為牆丈量書卷氛圍，典藏的
繆思森然，趿著芒鞋攀過崢嶸巒峰。當孔夫子遇到蘇格拉底，
口水潰堤後諄諄大河漫溢千秋萬世；這廂莎士比亞走入仲夏夜亂點
鴛鴦譜，那廂曹雪芹築起大觀園搬演情幻錄。生有涯，智無邊，就
西窗下研磨一帖莊子的裝瘋賣傻吧！

卷
五

圖說詩情

　　照片雖是捕捉一剎那的景象，卻好像有故事在其中，我喜歡照相，不講究技巧卻講究感覺，如果能把感覺捕捉到，就可以寫詩了。我寫了不少這樣的詩，在這本詩集裡，選六首與讀者分享。

秋來

落髮如落葉

心事似塵埃

2005
弋云

花開

我們相約

隨著晨曦的腳步

綻放，且相依

儘管我們的一生只是

一天

花謝

我們相約

隨著黃昏的腳步

老去，且牽手

儘管我們的一生只是

一天

小記：鳶尾花清晨開、黃昏凋，此二花凋時猶相牽繫。

淡水河啊夢想之河

淡水河

滿載夢想的河啊

有人用釣鈎釣夢

有人用漁網捕夢

有人用相機攝夢

有人用詩句吟夢

有人什麼也不用

只悄悄地悄悄地

將夢想淌進河心

歲月的聲音

日日夜夜

春去秋來

我收藏

落葉的

嘆息

你可聽見

嘆息與嘆息

碰撞

敲響

寂靜的

院落

荷畫符

緩慢的進行式裡

我扮演死亡的角色

無數次見習的機會

每一個死亡事件裡

我吸取最美的演技

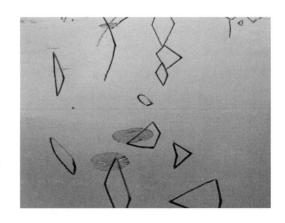

永恆是剎那的面具

我用荷葉上的露水寫詩

詩很薄　　如蟬翼

陽光一呼喚就塗一身虹彩

吻別

我用荷花描摩一生中豐腴

的片段

她們將在相機裡重新被

詮釋或者擬態

畫布更是她們搔首弄姿的舞台

一聲讚嘆換一次搖曳生姿

夏日荷池的劇碼

青蛙最是知音

秋風抓把老月琴鼓譟

靈魂的不安

我那熱情的伙伴們

唱啞了嗓唱駝了歲月

瑟瑟訴說不支的遺囑

越來越天空地闊

我的弔辭直達天聽

音容宛在啊

沒有伙伴可以哀慟

我思量我伸展

天地間堅持最美的休止

見習太多死亡

竟忘失死亡的面目

但不容躊躇　　等不及的春意

翩翩浮來

替自己寫個輓聯

用最美的休止符

印 記

你可以再靠近我一點看

沒錯　我是一面彈痕累累的牆

沒錯　這是戰爭的印記

沒錯　這印記是用許多生命換來的

只是

讀懂這印記的人

大多走入歷史了

有人說是日軍留下的

有人說是盟軍留下的

對我來說

那都不重要了

在這塊幸福的土地上

我存在

是為了見證

和平的可貴

可是啊

我聽到遠方仍然炮聲隆隆

世界上的某些角落

槍炮正在打造

比我身上更血腥的

印記

我存在

我屹立

是只希望這塊土地上

不再有新的

以腥風血雨烙下的

印記

小記：這一面牆在淡水老街，近年來因改建而看不見。

硓砧牆的故事

必然有一些故事

在大海裡

上演

悠悠漫漫的連續劇

以海浪為板眼

珊瑚礁岩遂滄桑成

坑坑疤疤的

硓砧石

長年濤裡來浪裡去

黝黑龜裂繭眼滿怖的

海民的手

自海中撈起一塊塊硓砧石

堆砌夢中的家園

汗水密實了硓砧牆

環繞出幸福的城堡

必然有一些故事

在城堡裡

上演

一些尋常百姓家

在多風的澎湖島上

蔓延枝葉的故事

硓砧牆內

孩子出生了

孩子長大了

或者繼續流著

濤裡來浪裡去的血脈

把生命交託海域

或者走出硓砧牆外

遠渡重洋

成了逐夢的

異鄉客

堆砌硓砧牆的手

枯了

曾經挺立的硓砧牆

頹了

浪濤依舊激盪多風的

澎湖島

硓𥑮牆的故事

落幕了嗎？

小記：硓𥑮石由珊瑚礁岩演化而來，外表坑坑疤疤，因
　　　長年風吹雨打，顏色轉為灰暗。耐苦的澎湖人將
　　　之做為建材，構成島上特殊的景觀。

國家圖書館出版品預行編目

今天這款心情 / 藍棠著. -- 一版. -- 臺北市：
秀威資訊科技，2008.01
面；　公分. --（語言文學類；PG0171）

ISBN 978-986-6732-66-9（平裝）

851.486　　　　　　　　　97000312

語言文學類　　PG0171

今天逗款心情

作　　者 / 藍　棠
發 行 人 / 宋政坤
執行編輯 / 詹靓秋
圖文排版 / 郭雅雯
封面設計 / 蔣緒慧
插　　圖 / 康逸藍
數位轉譯 / 徐真玉　沈裕閔
圖書銷售 / 林怡君
法律顧問 / 毛國樑　律師
出版印製 / 秀威資訊科技股份有限公司
　　　　　台北市內湖區瑞光路583巷25號1樓
　　　　　電話：02-2657-9211　　傳真：02-2657-9106
　　　　　E-mail：service@showwe.com.tw
經 銷 商 / 紅螞蟻圖書有限公司
　　　　　台北市內湖區舊宗路二段121巷28、32號4樓
　　　　　電話：02-2795-3656　　傳真：02-2795-4100
　　　　　http://www.e-redant.com

2008 年 1 月　BOD 一版
定價：230 元

讀　者　回　函　卡

感謝您購買本書，為提升服務品質，煩請填寫以下問卷，收到您的寶貴意見後，我們會仔細收藏記錄並回贈紀念品，謝謝！

1. 您購買的書名：_____

2. 您從何得知本書的消息？

　　□網路書店　□部落格　□資料庫搜尋　□書訊　□電子報　□書店

　　□平面媒體　□ 朋友推薦　□網站推薦 □其他_____

3. 您對本書的評價：(請填代號　1.非常滿意 2.滿意 3.尚可 4.再改進)

　　封面設計____　版面編排____　內容____　文/譯筆____　價格____

4. 讀完書後您覺得：

　　□很有收獲　□有收獲　□收獲不多　□沒收獲

5. 您會推薦本書給朋友嗎？

　　□會　□不會，為什麼？_____

6. 其他寶貴的意見：_____

_____

_____

_____

讀者基本資料

姓名：_____　年齡：_____　性別：□女 □男

聯絡電話：_____　E-mail：_____

地址：_____

學歷：□高中(含)以下　　□高中　　□專科學校　　□大學

　　　□研究所(含)以上 □其他_____

職業：□製造業 □金融業 □資訊業 □軍警 □傳播業 □自由業

　　　□服務業 □公務員 □教職　□學生 □其他_____

To：114

台北市內湖區瑞光路 583 巷 25 號 1 樓

秀威資訊科技股份有限公司　　　收

寄件人姓名：

寄件人地址：□□□

(請沿線對摺寄回,謝謝!)

秀威與 BOD

BOD（Books On Demand）是數位出版的大趨勢，秀威資訊率先運用 POD 數位印刷設備來生產書籍，並提供作者全程數位出版服務，致使書籍產銷零庫存，知識傳承不絕版，目前已開闢以下書系：

一、BOD 學術著作—專業論述的閱讀延伸
二、BOD 個人著作—分享生命的心路歷程
三、BOD 旅遊著作—個人深度旅遊文學創作
四、BOD 大陸學者—大陸專業學者學術出版
五、POD 獨家經銷—數位產製的代發行書籍

BOD 秀威網路書店：www.showwe.com.tw
政府出版品網路書店：www.govbooks.com.tw

永不絕版的故事‧自己寫‧永不休止的音符‧自己唱